AF455641

VOYAGE

DE

PARIS A ROUEN

PAR LA SEINE

ÉPITRE RIMÉE

PAR M. BERTRANDY

PARIS
CHEZ DENTU, LIBRAIRE-ÉDITEUR
PALAIS-ROYAL, GALERIE D'ORLÉANS
1857

VOYAGE DE PARIS A ROUEN

PAR LA SEINE.

Paris. — Typ. de A. Wittersheim, rue Montmorency, 8.

VOYAGE

DE

PARIS A ROUEN

PAR LA SEINE

ÉPITRE RIMÉE

PAR M. BERTRANDY

PARIS

CHEZ DENTU, LIBRAIRE-ÉDITEUR

PALAIS-ROYAL, GALERIE D'ORLÉANS

1857

A MON EXCELLENT AMI

Louis SER

INGÉNIEUR

VOYAGE

DE PARIS A ROUEN

PAR LA SEINE.

Pendant que de Figeac tu parcourais la route,
Sais-tu ce que faisait ton ami ? — non. Écoute :
Je te vais de mon temps déduire ici l'emploi,
Sans écrire un seul mot qui ne soit véritable ;
Car, de tous mes propos, soit d'amour, soit de table,
La vérité seule est la loi.

Le mois des *vagabonds* est celui de septembre :
Comment, en ce bon temps, demeurer en sa chambre
Ou battre en nonchalant le pavé le Paris ?
Tout le monde est aux champs, les savants et les ânes,
Les lâches et les crânes ;
C'est le temps des jeux et des ris.
Il faut vagabonder, ainsi le veut la mode,
Voyager sur la terre ou sur le flot amer,
Accepter bravement la patache incommode,
Dormir comme en son lit en un chemin de fer,
Ou danser, malgré soi, sur le pont d'un steamer.

Nous avons l'un et l'autre, ami, suivi l'usage;
Et, comme de nous deux tu restes le plus sage,
Les Pénates chéris par toi sont préférés.
Mais tu reçois encor les baisers d'une mère,
Tes grands parents sont là, tes parents vénérés :
Ma famille n'est plus! Une joie éphémère
Passa jadis sur mon berceau,
Comme le feu qui, dans l'orage, éclaire;
Puis des ombres le lourd faisceau
Autour de moi tomba : je restai seul au monde,
Seul pour lutter, mourir ou vaincre en ces combats
Dont la palme féconde
Est au ciel et non ici-bas.

Pourtant, des lieux charmants où coula mon enfance,
Je garderai toujours le plus doux souvenir :
Là, dans le champ des morts reposent en silence,
En attendant l'éternel avenir,
Ma mère et cette sainte,
Martyre de son cœur,
Qui ne trouva de plainte
Pour aucune douleur.
Tu l'as connue, ami, cette vieille grand'mère,
Dont le lot, ici-bas, fut de souffrir toujours,
Au calice commun buvant la lie amère,
Et me laissant le miel pour adoucir mes jours.

Voilà ce qui m'attache à la terre natale :
Cela d'abord, et puis, je lui dois le bienfait
D'une amitié sincère et constamment égale
Dans les biens et les maux que le hasard me fait.

« C'étaient là des raisons, me diras-tu peut-être,
» D'aller visiter le Querci :
» Tu pouvais y trouver quelque plaisir champêtre,
» Faire des vers sous l'ombrage d'un hêtre,

» Pêcher par là, chasser par ci,
» Ou te coucher comme Tityre,
» Aux échos d'alentour enseigner des chansons,
» Du chalumeau rustique apprendre les leçons,
» Enfin, puisqu'il faut te le dire,
» Tuer le temps de cent mille façons. »

D'accord ; oui, je conviens que ces raisons sont bonnes ;
Mais, que veux-tu? j'ai pris un tout autre chemin,
Cédant, je pense, à cet esprit malin
Qui change tout, et chaumières et trônes :
C'est le Caprice, et non pas Lucifer ;
Le premier, tu le sais, n'habite pas l'enfer.

J'ai voulu revoir Dieppe, où, presque chaque année,
Lorsque de mes loisirs l'heure lente est sonnée,
Je vais prendre des bains et fouler le galet,
Voire manger des cailles,
Des huîtres, des poissons avec ou sans écailles,
Vivre, sinon en Carme, au moins en Récollet.

Dédaignant la route ordinaire,
Dans l'inconnu cherchant quelque nouveau plaisir,
J'éprouvai le désir
De varier un peu mon court itinéraire.
La vapeur, à mon gré, paraissait me servir.
Les paquebots dits, je crois, de la Seine,
Au quai du Louvre attachés par la chaîne,
Au moins pendant six mois,
Entre la ville de nos Rois
Et la cité normande
Qu'on nomme Rouen, populeuse et marchande,
Faisaient le trajet en un jour :
Des affiches, hautes d'un mètre,
Décorant chaque carrefour,
Et tous les lieux où, pour paraître,

La Réclame établit sa cour,
Annonçaient aux passants un séduisant voyage.
On partait le matin, à sept heures ; le soir,
(Au moins on en donnait l'espoir)
Vers dix heures, à Rouen l'on touchait le rivage.
C'était charmant, l'on pouvait admirer
Les bords enchanteurs de la Seine,
Dans ses vertes eaux se mirer,
Et de la montagne à la plaine,
Compter ces habitations
Où nos fiers Lucullus contemplent la nature,
Et jouissent des fleurs, des fruits, de la verdure.
Charmantes créations!
Chalets frais et coquets, perdus dans le feuillage,
Tourelles couronnant un château moyen âge,
Magnifiques palais, où l'art italien,
Ennemi de la ligne courbe,
Jette un balcon aérien
A la place des toits sous lesquels vit la tourbe :
Et les ponts suspendus, et les massifs bateaux,
Transportant sur les eaux
Jusqu'au cœur de Paris et le fer et la pierre,
Pièces de ce manteau, dont la grande cité,
Comme un mort sortant de sa bière,
Cherche à couvrir sa haute antiquité...

Tout cela me tentait, j'en fais l'aveu sincère ;
Aussi, sans balancer, je pris vite un parti :
Je fis mon sac de nuit en ancien militaire,
Je montai dans un fiacre et me voilà parti...

Déjà l'Aurore aux doigts de rose
Entr'ouvrait les portes du jour ;
Paris, où fort tard l'on repose,
Bercé par Morphée ou l'Amour,
Retenait sa paupière close.

C'était un dimanche matin.
Un ciel d'azur et sans nuages.
Réjouissant tous les visages,
Paraissait un signe certain
Qu'un doux et propice destin
Nous guiderait dans ces parages
Que la Seine, dans son contour.
Caresse et fouette tour à tour.
La vapeur criait en furie;
La fumée inondait les cieux;
Et chacun faisait ses adieux
Comme s'il quittait la patrie.
Que de baisers, en cet instant,
Acceptés et payés comptant!
Que de promesses, en silence,
S'échangeaient, au milieu du bruit!
Que de vœux faits en espérance
D'abréger le temps qui s'enfuit!
Cependant, sur l'onde tranquille
La roue a commencé son tour:
Adieu, ma belle et riche ville,
Adieu, Paris, jusqu'au retour.

Tu sais que le dimanche est un grand jour de fête,
Que tout brave artisan pense à faire toilette,
Et que, malgré les cris des plus ardents béats,
Il laisse là le prône et vole à ses ébats.
Au lieu d'user sa chausse aux dalles d'une église
De rouler dans ses doigts les grains d'un chapelet,
Dans les bois de Meudon, en manche de chemise,
Il mange du veau froid, boit du vin ou du lait.
L'Église y perd, sans doute, et l'aubergiste y gagne;
Mais enfin, je l'avoue en toute humilité,
Je pense que l'humanité
A bien le droit de vivre un jour à la campagne.

Mais, brisons ce propos, qui mènerait trop loin,
Et me vaudrait des mots dont je n'ai nul besoin.
Le but de mon discours est de faire comprendre
Que cinq cents voyageurs quittaient alors Paris;
Cinq cents! que la vapeur active allait répandre
Sur les bords du nouveau Méandre,
Dans les prés et les bois fleuris.

Arrivé sur le pont du paquebot rapide,
De la rosée encore humide,
Je choisis une place : un melon fort joli
Se trouvait à ma droite ; à gauche, une fillette
A la mine coquette,
Au sourire poli,
Se tenait, comme il faut, dans sa simple toilette.

Voyager sans parler à ses proches voisins,
Me semble, quoi qu'on dise, une chose fort drôle :
Un muet est muet entre sœurs et cousins,
Mais souvent loin des siens il trouve la parole.
Pour moi que l'Éternel, dans sa haute bonté,
Dota d'une langue facile,
Jusqu'à ce jour en parfaite santé,
Je n'avais point quitté la grande ville
Dans le dessein prémédité
De ne pas dire un mot à mon semblable.
Le maître du melon parut assez bon diable;
Je lui dis : « Il fait beau : quel beau temps! — Oui, fort beau... »
Telle fut sa réponse; et, prenant une pipe,
S'il m'en souvient, faite en forme de cippe,
Modèle antique ou modèle nouveau,
Il la bourra, fit feu d'une allumette,
Et bientôt autour de sa tête
On vit nager
Un nuage léger.

A mon tour, je tirai de mon porte-cigare
Un *Tonneins* du paquet dont tu me fis présent.
C'était le beau moment, sans paraître bizarre,
D'adresser un mot engageant
A ma jeune voisine.
Je prends donc un air doux et galant à la fois,
Je tousse un coup, ou deux, ou trois,
(Ma mémoire, en ceci, se montre un peu mutine),
Et je dis, en tournant le dos à mon melon :
« Ah ! Mademoiselle, pardon !
» Cette odeur de tabac vous incommode-t-elle ?
» — Ah ! Monsieur, ne vous gênez pas :
» Fumez, je vous en prie. » Et d'une main fort belle,
Elle me fait un geste, et sans trop d'embarras,
Je peux voir le contour d'un délicieux bras.
J'étais entré, pour le coup, en matière :
Je fis des questions, et l'on y répondit ;
A quoi bon répéter tout ce qu'elle me dit ?
J'aurais presqu'à parler une journée entière.
Bref, mon cœur était libre en partant de Paris ;
Au pont d'Alma je n'étais guère maître;
A Grenelle l'amour tracassait tout mon être,
Et mon cœur aux filets de Saint-Cloud était pris.
J'étais esclave enfin, lorsque sur le rivage
L'amarre fut jetée ; et d'à côté de moi
Je vis se détacher le gracieux visage...
Elle était arrivée ! ! Ah ! mon cher, par ma foi,
J'enrageais de bon cœur d'une telle aventure :
Maudissant de Saint-Cloud l'élégante verdure,
Un instant je voulus interrompre le cours
De mon nouveau voyage ;
Mais la vapeur n'est pas faite pour les amours ;
La sourde m'entraîna vers un autre rivage !

Quand je fus revenu du terrible chagrin
Que fit naître en mon âme un départ si soudain,

Je reportai mes yeux, fatigués de la suivre,
Sur mon nouveau voisin : c'était une femme ivre
Dont voici le portrait .
Trait pour trait.

Un tour en laine brune encadrait sa figure,
(Je ne sais quel malheur emporta ses cheveux);
Un front bas, déprimé, front de mauvais augure,
De ceux qui, sans rougir, écoutent les aveux
Des passions infâmes;
Un œil brillant encor sous de bachiques flammes;
Un nez gros, court, rougi par l'alcool impur;
Des lèvres de sauvage; une moustache épaisse,
Au poil fauve, long et fort dur;
Un menton chevelu : telle était la déesse.
Je ne te parle pas des mille falbalas,
Ornements de son corps du haut jusques en bas :
En général le tout, demeurant à sa place,
Parfaitement répondait à la face.

Le sapeur féminin,
Se sentant hors de page,
Aimant le bavardage
Et le propos malin,
En ces mots m'interpelle:
« Où donc que vous allez?
» Monsieur, vous dévallez,
» En amateur fidèle,
» Sans doute, à Saint-Germain?
» Tout ce jour, et demain,
» C'est la fête des Loges,
» Où l'on cuit, dans des auges,
» Des moutons et des veaux :
» Puis le vin de Surêne,
» Qu'on y pompe sans gène,
» Réchauffe les cerveaux.

» Si vous le permettez,
» Monsieur. — Pardon, Madame;
» Je ne m'arrête pas où vous vous arrêtez;
» Je vais jusques à Rouen.— Tant pis, car, sur mon âme
» J'aurais désiré fort votre société :
» Donc vous n'acceptez rien? C'est un point arrêté?
» Bonsoir. » Et, là-dessus, elle commence un somme,
Avec soin cadencé par de lourds ronflements :
Elle eût dormi longtemps sous l'effet du rogomme;
Mais le bateau trembla jusqu'en ses fondements,
Brisant son gouvernail à l'angle d'une pile
Qui soutenait d'un pont la structure fragile.
Tout le monde est sur pied : le tumulte s'accroît;
Déjà chacun se croit
Au dîner d'un poisson destiné sans ressource :
On ne pense guère à sa bourse;
De la Seine on maudit la source;
L'élégante reçoit des bosses au chapeau,
Et ne songe pourtant à sauver que sa peau.
Mais bientôt on entend la voix du capitaine :
« Ce n'est rien, calmez-vous, demeurez en repos;
» C'est un moment perdu qui n'en vaut pas la peine. »

Je devrais bien saisir cet à-propos
Pour te toucher un mot de l'équipage
Et te peindre à grands traits les oiseaux de la cage :
Mais sache seulement qu'en notre paquebot,
Depuis le chauffeur en sabot
Jusqu'au premier commis à la fine chaussure,
Et qui, dix fois par jour, graisse sa chevelure,
Et songe plus à sa frisure
Que Narcisse, jadis, ne songeait à son teint,
Chacun à qui mieux mieux jure, bouscule et gronde;
Et le grand but paraît atteint
Lorsqu'ils ont ennuyé leur monde.

Enfin, mon cher ami, dans ce charmant bateau,
J'ai trouvé, par ma foi, la cour du roi Pétaud.
Je t'en dirais plus long, car la matière prête;
Mais je ne voudrais pas ici dresser requête
Pour faire supprimer les bateaux à vapeur;
Au contraire, je crois que notre belle Seine,
Ce fleuve qui du monde enveloppe la reine,
Sera bien plus digne de cet honneur,
Si l'avenir, dans un jour de caprice,
Portant des mers le flot propice,
Jusqu'aux pieds de Paris,
L'univers tout entier peut voguer sur ses ondes,
Dans les steamers, messagers des deux mondes,
De coke et de houille nourris.
J'espère qu'en ces temps de progrès manifeste,
Le marin de la Seine, à son tour excité,
Ne sera plus en reste
Avec la politesse et la civilité...
Jusque-là, ne vas pas, en jeune téméraire,
Sur un bateau tenter un voyage complet,
Si tu veux conserver la croyance vulgaire
Qu'un homme n'est pas un mulet.

J'avais laissé, si ma mémoire est bonne,
Le paquebot en crainte de périr,
Voyant déjà dans l'onde qui bouillonne
Un froid linceul prêt pour l'ensevelir.
Mais, toutefois, en ce péril extrême,
L'onde vorace, ami, n'engloutit rien.
Pour moi d'abord, et puis pour ceux que j'aime,
Pour tous, enfin, je crois qu'elle fit bien.
Mais l'accident allongeait le voyage,
Et jusque-là l'on nous avait conduit
Fort gauchement : je craignais un naufrage
Si nous bravions les ombres de la nuit.

Cependant un Vulcain rustique,
De sa Vénus accompagné,
Vient calmer la forte panique
Du passager peu résigné...
Bientôt, à la poupe perfide,
Son marteau lourd a retenti,
Et le clou, dans le bois humide,
Sous ses coups fréquents s'est blotti.
Pan, pan, pan, pan, le bois se serre,
Le forgeron frappe toujours;
Pan, à la Seine on ne fait plus la guerre;
Vive la joie et vivent les amours!
Et chaque coup ranime l'espérance;
A chaque coup plus vite bat le cœur;
Dans le marteau chacun a confiance;
Du contre-temps l'équipage est vainqueur!

Mais, comme sans rien perdre il n'est pas de victoire,
Nous perdîmes une heure à nous remettre à l'eau;
Une heure, mon ami, tu peux fort bien m'en croire,
N'est pas à dédaigner sur le pont d'un bateau.
Pour moi, je la passai dans un doux exercice,
Auquel, sans le cacher, je me livre souvent,
Comme un provincial, sans fiel et sans malice,
Quand je rôde à Paris et cours le nez au vent.
Des divers restaurants, alignés sur la rive,
Je dévorais l'enseigne, et mon œil scrupuleux
Lorgnait avec amour la peinture naïve,
D'un Vatel campagnard attribut fabuleux:
« A la Pêche miraculeuse!
» A saint Pierre, chef des Pêcheurs!
» A la Table des vrais Noceurs!
» A la Friture merveilleuse!
» A la descente des Amis!
» Au Chat-huant, Gamin de Paris!

» Au repos des Dames françaises !
» A l'Arc-en-ciel ! Aux Cent-et-un !
» Au gros Goujon ! A l'Huître ! Aux Fraises !
» On sert ici l'anguille de Melun ! »
Le tout accompagné, sans compter la peinture,
De l'éternel refrain : « Matelotte et Friture ! »

Pour la centième fois, mon esprit inventif
Savourait ce plaisir assez récréatif,
Quand le sifflet perçant, que la vapeur réveille,
Vient frapper mon oreille.
Comme un heureux captif, sortant de sa prison,
La fumée à mes yeux dérobe l'horizon ;
Le tic-tac de la roue, augmentant sa cadence,
D'arriver à bon port me donne l'espérance.

De l'éther d'azur,
Radieux et pur,
Sur ce globe obscur,
Coulait la lumière.
Dans le flot discret,
La brune, en secret,
Parfois admirait
Sa fine paupière.

Sur le bord des eaux,
De tendres agneaux,
Pour guérir leurs maux,
Appellent leur mère :
Des taureaux galants,
Sur des tons dolents,
Des plaisirs trop lents
Pleurent le mystère.

Dans les prés fleuris,
Sur les côteaux gris,
Vaches et brebis
Cherchent leur pâture ;
Le jeune berger,
Seul, et sans danger,
Se plaît à songer
A l'amour qui dure.

Le fier citadin,
Même aux champs badin,
Foule l'escarpin
Sur la fine arène.
De charmants bosquets,
Touffus et coquets,
Voilent les caquets
De plus d'une reine.

Le gai canotier,
Fort âpre au métier,
Trace son sentier
A force de rames ;
Dans ce dur travail,
Trône au gouvernail,
Comme en un sérail,
Une de ses femmes.

Et quand du bateau
L'avant coupe l'eau
Et trace au cordeau
Sa profonde voie,
Le flot, divisé,
Vient mourir brisé
Sur le bord aisé
Qu'alors il nettoie.

Mais, en son chemin,
Ce flot inhumain
Ne meurt pas soudain
Sans faire tapage :
En plus d'un endroit,
Sa fureur s'accroît ;
Un lit trop étroit
Excite sa rage.

Alors il mugit,
S'allonge et bondit,
De ses flancs surgit
Une blanche écume :
C'est un long serpent,
Qui roule et s'étend,
Et que l'on entend
Siffler dans la brume.

Un canot vanté,
Un bateau ponté,
Tout est tourmenté
Par le flot qui passe :
L'indiscret souvent,
Servi par le vent,
D'un mollet charmant
Caresse la grâce.

Le plus maltraité
C'est, en vérité,
Un homme entêté
Qui pêche à la ligne :
Si le poisson mord,
Il demeure au bord
Et brave l'effort
De l'onde maligne.

De sa fraîche main,
La Seine soudain
Lui fournit un bain,
En femme prodigue ;
Entraîné par l'eau,
Parfois le chapeau,
Paquebot nouveau,
Court de digue en digue.

En de grands tonneaux,
Où les bœufs, les veaux,
Les chiens, les agneaux
Mêlent leur dépouille,
L'on voit maint tanneur
Aux flots en fureur
Disputer l'honneur
D'un cuir qui les souille.

Sous des saules verts,
Des groupes divers,
Nus comme des vers,
Attendent la lame :
A chaque galant,
La lame, en volant,
Se livre, ondulant
Comme un sein de femme.

Plus loin, c'est le bal,
Et le gai régal,
Qui du carnaval
Rappelle les joies,
Où tout bon glouton
Lorgne un miroton,
Un bœuf, un mouton
Ou de grasses oies.

Le nerf auditif
Se montre attentif
Au concert actif
Des crins-crins rustiques;
Le regard content
S'arrête un instant
Au drapeau flottant
Devant les boutiques.

Je te l'ai déjà dit, au début de ces vers,
Le jour de mon départ se trouvait un dimanche,
Et pour danser, bravant l'ire de l'Univers,
Plus d'une jeune fille avait mis robe blanche.
Par la main du plaisir les jeunes gens conduits,
Étant parés aussi pour ce beau jour de fête,
En groupe défilaient sous nos regards, séduits
Par leur air satisfait et leur simple toilette.
Et les parents charmés regardaient leurs enfants,
Et se prenaient encor, sous les glaces de l'âge,
A regretter la vie, à se plaindre des ans,
Auxquels ils reprochaient un *avantif* outrage.
On respirait partout un parfum de bonheur :
Tout était ravissant sur la scène champêtre :
Par devoir, par instinct s'élançaient de mon cœur
Des mercis incessants adressés au Grand-Être.

Mais, qu'est-ce encor? l'aigu sifflet
De nouveau frappe mon oreille :
La vapeur, qui tantôt ronflait,
Dans un calme parfait sommeille.
On accoste, on jette le pont :
De voyageurs une cohorte
Au nom de Saint-Germain répond,
Et vers la terre se transporte.
La femme ivre ne manque pas
De répondre à l'appel sonore,

Et pour descendre fait un pas...
Ami, je l'aperçois encore :
Son corps, sur un pied chancelant,
Ne peut conserver l'équilibre,
Et sous ses yeux l'onde coulant
Ne laisse plus sa tête libre :
Trois fois, quatre fois tout au plus,
Sur le pont volant elle oscille,
Et le pont, aux ais vermoulus,
Plus qu'il ne faut tremble et vacille.
Dans un dernier balancement,
Terme fatal de cette lutte,
Le pont chavire ; en ce moment,
La femme ivre fait la culbute !
Des cris partent de toutes parts ;
Et les beautés peu vigoureuses,
Portant l'effroi dans leurs regards.
Tombent en des crises nerveuses.
Cependant un homme a plongé :
L'eau tourbillonne à la surface ;
L'œil, par le péril engagé,
Tremblant, se fixe à cette place.
Bientôt des jambes et des bras,
Gesticulant, sortent des ondes ;
Mais les volages falbalas
Ne cachent plus les formes rondes :
Le tour de laine a disparu,
Et le bonnet à vau-l'eau flotte,
Et de la nuque le cuir nu
Dessine une noire calotte.
Bientôt chacun voit le sauveur,
Jeune héros de cette affaire,
Nager et déposer à terre
Un melon et notre sapeur.

Tu devines : c'était mon compagnon de route !
Tout le monde admirait son courage. De loin,

Je lui fis un salut, qui le toucha sans doute,
Car il me dit : « Parbleu, j'avais besoin
» De rafraîchir ma tête ;
» Les rayons ardents du soleil,
» Par un caprice sans pareil,
» Ont rôti jusqu'à ma casquette. »
Un rire général accompagna ces mots,
Et calma les transports des femmes trop sensibles,
Dont les rudes sanglots
Accusaient de leurs nerfs les attaques pénibles.

Pour nous, tout finit là : le paquebot léger
Reprend le long sillon qui marque son passage ;
Le monde, rassemblé, nombreux, sur le rivage,
Disparaît dans l'épais nuage
Par le fourneau vomi. Nous allons voyager,
Moins serrés désormais sur les banquettes rudes,
Car trois cents passagers, assez pesant fardeau,
Pour retrouver des bois les vertes solitudes,
Ont quitté le pont du bateau.

File,
Docile,
Paquebot charmant ;
Seine,
Promène
Ce fidèle amant.
Onde
Profonde,
Ne t'irrite pas ;
Coule,
Sans houle,
Loin du noir trépas.
Claire
Lumière,
Soleil radieux,

Brille,
Scintille
Sur le flot joyeux.
Faites,
Tempêtes,
Que le Dieu des airs
Sorte,
Vous porte
Aux pays déserts.

L'air résonne ;
Midi sonne,
C'est la voix de l'Angelus :
L'âme prie,
Recueillie,
Pour tous ceux qui ne sont plus.
Sur les rives
Fugitives,
Les arbres et les maisons
Disparaissent,
Et nous laissent
Des regrets que nous taisons.
Le temps passe :
La terrasse
Du féerique Saint-Germain,
A la vue
S'est perdue ;
La Seine a fait du chemin.

La forêt épaisse
Cependant nous suit,
Et de l'allégresse
On entend le bruit.
Le tambour qui roule,
L'éclat du tam-tam
Appellent la foule

Chez un charlatan.
Bientôt voici l'Oise,
Aimable secours,
Qui vient de Pontoise
Grossir notre cours.
Le point où la Seine
L'attire en ses flancs,
Par la voix romaine,
Fut nommé Conflans.

Conflans Sainte-Honorine,
Au sol blanc et pierreux,
Où la vigne chemine
Le long du mur poudreux ;
Dont l'église gothique,
Au faîte du côteau,
Reste, belle relique
D'un inconnu marteau.
Un curieux usage,
Mort presque de nos jours,
Enfant du moyen-âge,
A Conflans avait cours :
Le chef du monastère,
Sous le nom de Prieur,
Dans une année entière,
Deux jours était Seigneur :
Pendant ce temps la châsse
De la Sainte du lieu,
Sur l'autel prenait place
Plus haut que l'Homme-Dieu.
Mais enfin sonnait l'heure
De cesser cet honneur,
De rendre à sa demeure
L'épouse du seigneur.
A cette heure suprême,
Chaque cabaretier

Devait au Prieur même
De vin un broc entier :
Et si de cette offrande
Un d'eux se dispensait,
On appliquait l'amende,
Le marchand finançait.
Et cet usage antique,
Dans les procès-verbaux,
Porte le nom comique
De la Pinte aux Ribaux.

Sur la droite notre œil contemple
D'Andrezy les côteaux couverts,
Où Bacchus a choisi son temple,
Sous l'ombrage des pampres verts :
A gauche une fertile plaine
Que Cérès soigne de sa main,
Qui longe et sépare la Seine
De la forêt de Saint-Germain.
Saluons, en passant, Carrières,
Pays du plâtre et du moëllon,
Et de ces magnifiques pierres
Dont l'art sait faire un Apollon.

Mais le nom de Poissy, de cette antique ville,
Sur notre pont a retenti :
La vapeur a sifflé ; du paquebot docile
Déjà le cours s'est ralenti.
Poissy, qui gardera l'éternelle mémoire
De Louis-Neuf, notre saint roi ;
Poissy, qui si souvent entendit le grimoire
Des courtisans et gens de loi ;
Du faîte restauré de son beau sanctuaire
S'élance encor comme autrefois
La croix de fer rouillé, si souvent centenaire,
Qui courba le front de nos rois.

Poissy vivra toujours dans toutes nos annales
Des temps anciens, des temps nouveaux :
Aux cours des souverains ont succédé les halles,
Les marchés des bœufs et des veaux ;
Poissy, c'est aujourd'hui la reine de la viande ;
C'est elle qui nourrit Paris ;
C'est elle qui reçoit cette immense commande
Que chaque jour demande
Pour cent mille estomacs robustes ou flétris.

Partons, il en est temps ; aussi bien, quand je touche
De telles questions, l'eau me vient à la bouche :
Et si j'étais gourmand (mais je ne le suis pas),
Puisque j'ai parlé chair, je ferais un repas.....
Cependant, il n'est pas d'estomac si solide
Qu'il puisse constamment, ami, demeurer vide ;
Et le mien, je le crains, commence à murmurer
D'un jeûne austère et long qu'il ne peut endurer.
Étouffons cette voix à nos viveurs si chère ,
Et soignons notre champ en bon propriétaire.
Toutefois, ne crois pas qu'en glouton affamé,
Dans la salle à manger je demeure enfermé,
Dans l'égoïste espoir de savourer, tranquille,
Comme dans mon logis, quand je suis à la ville,
D'un beefteack nutritif le suc délicieux ;
De flatter mon palais d'un mâcon précieux ;
D'envoyer au plafond, comme un Anglais bizarre,
La fumée aux tons bleus d'un sec et bon cigare :
Je vaux mieux que cela. Je veux te confier
Qu'à Gaster par hasard j'ai pu sacrifier ;
Mais j'aime cent fois mieux contempler la nature
Que dans dix pieds carrés prendre ma nourriture.
Ne sois pas inquiet : je ne crains pas la faim,
Car j'ai dans mon bissac et le pain et le vin :
D'un saucisson fameux une assez belle tranche
M'attend sous les replis de sa chemise blanche ;

Un Neufchâtel exquis, comme à Dieppe on en sert,
Avec un fruit ou deux formera le dessert ;
Et sur mes deux genoux, pour faire place nette,
Mon mouchoir propre et blanc tiendra lieu de serviette.
Tout en mangeant ainsi, je pourrai de mes yeux
Satisfaire à la fois les désirs curieux.

Voici dans la plaine
Le bourg de Villaine,
Où viennent sans peine
Pommes et raisins.
Là fut la retraite,
Tranquille et coquette,
D'un mortel honnête,
Gilbert de Voisins.

Perçant le feuillage,
Au loin se dégage
Le petit village
Qu'on nomme Médan ;
Sur cette colline
Vernouillet domine,
Verneuil avoisine
Triel et Meulan.

Meulan, ville forte,
A ce qu'on rapporte,
Qui ferma sa porte
Aux soudards anglais,
Et fit résistance,
Alors que la France
Portait la souffrance
Dans ses reins sanglés.

Effort intrépide !
Mais l'Anglais perfide

Sur le mur solide
Planta l'étendard :
Heureuse, à cette heure,
Si, dans sa demeure,
La femme qui pleure,
Trompe son regard!

Mais un breton brave,
Du devoir esclave,
Et que rien n'entrave,
Bertrand Duguesclin,
Accourut, et vite
Chassa de ce gîte
L'Anglais parasite,
A mal faire enclin.

Date moins ancienne :
Le duc de Mayenne,
De la foi chrétienne
Apôtre un peu dur,
Mena son armée
De ligueurs formée,
Heureuse et charmée,
Au pied de ce mur.

A son roi fidèle,
Meulan, avec zèle,
Soutint du rebelle
Le terrible assaut;
La ville payenne,
Repoussa Mayenne,
Dont l'ardeur chrétienne
Fut mise en défaut.

Courant d'île en île,
Le vapeur agile

Voit de Porcheuville
Le simple hameau,
Et s'ouvre un passage
Le long du rivage,
Sous le frais ombrage
Du tendre bouleau.

Mantes la Jolie,
Dont le nom se lie
A mainte folie
Du grand Béarnais,
Devant nous s'étale :
On y fait escale,
Cessant de la pale
Les coups acharnés.

Sur la ville blanche,
L'église, qui tranche
Par son toit, se penche,
Allonge son cou;
Près d'elle s'élance
De la vieille France
Un débris immense,
La tour Saint-Maclou.

Autrefois un homme
Qui portait le heaume,
Du nom de Guillaume,
Dit le Conquérant,
Sur son dur passage
Semant le carnage,
Assouvit sa rage
Dans ces lieux courant.

Là, Philippe-Auguste,
Quoique fort robuste,

De la Parque injuste
Sentit les ciseaux ;
Des baillis en France
Créant l'influence,
Il donna naissance
A maints tribunaux.

A gauche, la Seine,
S'étendant sans gêne,
D'une grande plaine
Caresse les bords ;
Tandis qu'à sa droite
Une route étroite
Longe, toujours moite,
D'alpestres abords.

Sur la cime nue
Paraît à la vue
La maison connue
Que garde une croix :
C'est un ermitage,
Où, loin de l'orage,
Peut-être d'un sage
S'élève la voix ?

Ah ! ce toit exigu qui sous le soleil brille,
Dont l'argile polie à nos regards scintille,
N'abrita pas toujours un innocent repos :
Le Remords, m'a-t-on dit, y choisit sa demeure,
Au cœur d'un malheureux apportant à chaque heure
D'un quatruple trépas les funèbres échos.
Car l'homme infortuné qui vint chercher ce gîte
Pour y finir ses jours en solitaire ermite,
Fut le jouet fatal de viles passions :
L'échafaud se dressa sur la place publique,
Grâce à l'effort constant, à la puissance inique

De ses tristes aveux, de ses délations.
Respect au repentir! La justice éternelle
A jugé les sergents nommés de la Rochelle,
Et l'ermite à son tour a vu son tribunal :
Évitons de sonder les arrêts du Grand-Maître ;
Devant lui, sous ce toit qui vient de disparaître,
Qui sait si la douleur n'expia pas le mal?

Silence! De sa voix légèrement fêlée,
Qui trouble les oiseaux cachés sous la feuillée,
Un matelot s'écrie, en montrant la vallée :
« Rosny! Rosny! »
Pour moi, ce nom charmant vaut une grande fête;
A ce nom je salue et j'incline la tête ;
Je suis heureux et fier, lorsque l'écho répète
Ce nom béni.
Là, sous le ciel brodé d'un lit du moyen âge,
Témoin des plaisirs purs d'un heureux mariage,
Vint au monde l'ami d'un roi preux et volage,
Le grand Sully.
Là, sous les frais berceaux des arbres séculaires,
L'enfant grandit, instruit par des maîtres austères;
Le malaise public lui livra ses mystères
Et fut banni.
Son nom est un de ceux que consacre l'histoire,
De ceux qui d'un pays éternisent la gloire :
Henri-Quatre, à la sienne unissant sa mémoire,
Vit avec lui.
Un monarque est heureux lorsque près de son trône,
Pour rehausser encor l'éclat de sa couronne,
Un astre étincelant, que le bon Dieu lui donne,
Sans cesse a lui.

Quittons Rosny, quittons la plaine
Où s'élève le beau château;
Des rochers gris suivons la chaîne

Dont les pieds, baignant dans la Seine,
Sont au flanc de notre bateau.
Au centre d'un contour facile
Du fleuve si capricieux,
Surgit la bourgade tranquille
De Vétheuil ; gai, charmant asile
Contre le monde vicieux.
Vétheuil inspira l'Énéide
Du *Tourlourou* portant le nom ;
Et Paul de Kock au *Tourne-Bride*
Place le début fort candide
De ce roman très en renom.
En face, au niveau de la Seine,
Sont les maisons de Lavacour,
Dont le fleuve, à la moindre haleine
Qui souffle et le pousse à la plaine,
En peu de temps a fait le tour.
Voilà de l'étymologie ;
Elle est juste et de bon aloi,
Bien que de la Mythologie
Et de la sainte Poésie
Elle méprise un peu la loi.

Regarde : le soleil, aux trois quarts de sa ronde,
Brûle de ses rayons un géant de granit,
Depuis longtemps penché sur la ligne profonde
Où la Seine a choisi son lit.
Les vagues ont jadis murmuré sur sa tête,
Et plus d'un mastodonte a couru sur ses flancs ;
Mais le flot disparu, traîné par la tempête,
A délaissé les rochers blancs.

De la Roche-Guyon contemple le cottage,
Près de l'onde couché sous un épais feuillage,
Et dormant auprès du géant.
D'un Larochefoucauld la demeure élégante

Embellit de ces lieux la beauté séduisante,
Où jadis trôna le néant.
Mais derrière, longeant cette côte si rude,
Où l'œil ne voit d'abord que triste solitude,
Que blocs de silex calciné,
Se trouve, dans le roc, asile de misère,
Le grabat étouffé qu'un destin trop sévère
A de pauvres gens a donné :
Ils vivent, à l'abri de cette roche immense,
Qui peut, à chaque instant, trompant leur confiance,
Les broyer et les engloutir !
Ne les plaignons pas trop : le soleil les visite,
Sur une face au moins il caresse leur gîte,
Et peut encor les divertir :
Tandis qu'entre les murs de ces caves humides,
Plaie infecte ! grand Dieu ! de nos villes splendides
Des malheureux traînent leurs jours !
Enfants abandonnés de la douce espérance,
Succombant sous le poids d'une amère souffrance,
Reine de ces affreux séjours !
Ah ! qu'il faut les aimer ces paisibles victimes,
Que, sans motif, le sort dur réserve aux abîmes,
Aux tourments de la pauvreté !
Ah ! comme il faut bénir leur humble patience
A supporter le joug que, seule, la naissance
Sur leurs épaules a jeté !

On prétend qu'à la Roche, en son chateau tranquille
Louvois, le fier ministre, accablé par les ans,
Signa le dur édit, complaisance servile,
Du roi contre les Protestants.
Cet édit à la France, au moment de combattre,
Valut une défaite, et rappela le mal
A la place du bien dont, un jour, Henri-Quatre
Avait découvert le canal.

« Bonnière! Bonnière!
» Messieurs les voyageurs,
» Passez, s'il vous plaît, en arrière,
» Pour Bonnière! »
Ce cri vient interrompre un club de tapageurs,
Qui, pour un tabouret, depuis trente minutes,
Avaient entamé des disputes :
« Je l'avais avant vous, et je le garderai.
» — Monsieur, faites excuse,
» Car, si je ne m'abuse,
» Et je le prouverai,
» Depuis le Louvre ici je suis assise.
» — Pardon, que je vous dise,
» A l'instant vous n'étiez pas là,
» Madame. — Mon mouchoir marquait ma place vide.
» — Certes, mais un bateau, ce n'est pas l'Opéra,
» Où de ces questions un mouchoir blanc décide.
» Je veux le tabouret,
» Quand le diable y serait!
» — Moi, j'entends qu'il me reste.
» Dussé-je, en le tenant, mordieu, gagner la peste! »
Ici se place un fait dont on fut très-content :
Un employé, branlant la tête,
S'approche et dit : « Monsieur, il vaut autant
» Pour vous une rude banquette,
» Et vouloir à madame ôter le tabouret,
» Entre nous, ce serait
» Un procédé fort bête.
» — Pourtant je ne lâcherai pas!
» — Eh! bien, pour vous tirer de ce pénible pas,
» La charité m'oblige
A conserver pour moi cet objet en litige. »
Aussitôt dit, aussitôt fait;
Le marin occupa le susdit tabouret.
A ce prompt jugement nul ne trouve à redire;
Chaque partie a fini par en rire.

Bonnière est un endroit où le chemin de fer
Roule ses trains d'enfer
Sur les bords de la Seine.
Au reste, rien de curieux
N'arrête ici les yeux ;
C'est un pays que l'on quitte sans peine.

Bientôt, dans les prés verts,
Loin des bois découverts,
De soldats surgissent des bandes :
Puis tout à coup l'on voit,
Embellisant l'endroit,
Un pont en pierre, aux arches grandes ;
A gauche, d'un clocher
Vient de se détacher
La forme gothique ou romaine ;
Là bas, un monument
Tout moderne et charmant,
Règne en monarque dans la plaine.
Cette ville est Vernon :
Loin du bruit du canon
Et des batailles meurtrières,
Les ouvriers soldats
Tiennent, prêts aux combats,
Les équipages militaires.
Et Vernon garde encor
Un précieux trésor,
Du grand Henri legs authentique :
C'est l'insigne maison
Où germe la raison,
C'est un collége magnifique.

Mais le temps fuit ;
Voici la nuit.
Un éclair luit,
Annonçant l'orage :

Bientôt le vent,
En se levant,
Chasse devant
Un épais nuage.
D'abord très sourd,
Sur nous accourt,
Puissant et lourd,
Le bruit du tonnerre :
Un voile obscur
Cache l'azur
De l'éther pur,
Et couvre la terre.
Cet aspect noir
Chasse l'espoir
Qui d'un beau soir
Caressait l'image ;
Et mécontent,
Triste, on attend
A chaque instant
Un terrible orage.

La nuit devient plus sombre et l'éclair plus brillant,
Le tonnerre sans trêve roule,
De larges gouttes d'eau sur le pont vacillant,
Viennent du ciel ou de la houle ;
Les papillons de nuit, en leur vol effrayés,
Aux lampes du bord vont en masse,
Sur le verre éclatant et les cuivres rayés,
Mourant, pour avoir une place.
Le nuage a crevé ; puis, ses flancs déchirés,
Réservoirs d'un nouveau déluge,
Vomisssent, dans ces lieux par le vent attirés,
Les maux dont ils sont le refuge.
Labouré par l'éclair qui brille sur son front,
J'aperçois, couché dans la nue,
Château-Gaillard, du temps encor bravant l'affront,

Encor montrant sa tête nue.
Richard Cœur-de-Lion, dont le vieux souvenir
Au désert, dit-on, vit encore,
A légué, fondateur, aux siècles à venir,
Ces murs que la foudre dévore.
Là, dans le sombre effroi d'une rude prison,
De Louis-Dix, femme adultère,
Marguerite expia l'insigne trahison
Des vœux faits dans le sanctuaire.
Et quand le jeune roi, qu'on surnomme Hutin,
De plaisirs charnels trop avide,
Voulut d'une autre femme embellir le destin
Et partager sa couche vide,
Le bourreau, toujours prêt pour les ordres du roi
Ou d'une puissante assemblée,
Ouvrit le noir cachot, et, sans texte de loi,
Marguerite fut étranglée.
A ces longs souvenirs, évoqués par l'esprit,
L'orage, grondant sur nos têtes,
Prêtait un nouveau charme; et mon cœur se surprit
A bénir le dieu des tempêtes!

Mais l'onde, sans pitié, dans les moindres replis
De mon gros paletot se créait un empire,
Et j'étais transpercé, puisqu'il faut te le dire,
En arrivant aux Andelys.
Près de là, tu le sais, naquit, sous Henri-Quatre,
Ce peintre si fameux que Rome vit mourir,
Ce Nicolas Poussin, de son art idolâtre,
Dont le nom percera les siècles à venir.
Malgré mon triste état de mortel amphibie,
Ce nom vint réjouir mon cœur;
Mouillé comme un canard je narguais le malheur;
La gloire de la France en moi jetait la vie...
Je résistais toujours, lorsqu'un gros papillon,
Poussé par la rafale,

Vite comme une balle,
Plante son aiguillon
Dans mon œil ! La douleur chasse de ma mémoire
De Nicolas Poussin l'histoire.
J'oubliais tout, et, sans façon,
Je descendis au salon.

Ce contre-temps fâcheux, triste et pénible chose,
M'arriva près de Pose,
A l'endroit où la Seine, au cours fort inégal,
Pour parer aux dangers coule dans un canal.
Pose (je tiens le fait d'un marchand de citrouilles)
Fournit à des gourmands d'excellentes andouilles;
Mais, je l'avoue, ami, dans l'état où j'étais,
Andouilles ni boudins ne me faisaient envie;
J'aurais donné plutôt une heure de ma vie
Pour pouvoir me servir de mes yeux maltraités;
Car l'orage, au dehors, paraissait magnifique.
Perçant l'obscurité de sa flamme magique,
L'éclair brillait toujours; sans trêve ni repos,
Le tonnerre jetait sa voix aux longs échos;
Et le vent, dans les airs sifflant avec furie,
Du terrible concert augmentait l'harmonie.
D'un spectacle pareil je regrettais l'aspect;
Mais il faut pour ses yeux avoir plus de respect.
Nous ne voyons, enfin, que par deux ouvertures,
Et, si nous les bouchons, que de chambres obscures !
De Pose jusqu'à Rouen je ne vis donc plus rien;
Mais j'entendis encor les noms de Pont-de-l'Arche,
D'Elbœuf, d'autres endroits, indiquant notre marche,
Et dont le souvenir ne me reste pas bien.

Cependant, le salon, de ma courte Odyssée,
Dans mon esprit fera revivre la pensée...
Et d'abord, le hasard fortuné me conduit
Dans un coin du salon, dans un obscur réduit

Où, quoique devant moi fût une place vide,
Je n'osais installer une toilette humide,
Par crainte de souiller deux manteaux de velours,
Deux robes à volants, ornements un peu lourds,
Chargés de protéger, dans le cours du voyage,
Deux femmes qui du temps bravaient encor l'outrage.
L'expérience, hélas! cent fois m'avait appris
Qu'une femme jamais n'épargne le mépris
Au maladroit mortel dont la main indiscrète
Parfois, sans le vouloir, chiffonne sa toilette;
Et tu comprends combien mon état de canard
A ma décision apportait de retard.
Par bonheur, comme moi transpercée, inquiète,
En ces lieux se trouvait la petite Finette:
C'est une jeune chienne, au poil long, blanc et roux,
Qui, d'une loi funeste évitant le courroux,
S'en vint, l'hiver dernier, au plus fort de décembre,
Demander un abri dans un coin de ma chambre.
Mais de ses premiers jours j'ignore qui prit soin:
Dieu laissa-t-il jamais une chienne au besoin?
Sa bonté qui s'étend sur toute la nature,
Aux chiens taxés ou non, donne leur nourriture.
Bref, Finette, par moi, grâce à son cri plaintif,
Devint de la maison un enfant adoptif.
Elle était avec moi, pauvre petite bête!
Tout le corps tremblottant, de la queue à la tête:
Son beau museau glacé; se fermant à moitié,
Son œil doux réclamait un geste de pitié;
Ce ne fut pas en vain... De sa voix délicate,
Une dame des deux lui demande la patte:
En chienne bien apprise et de bonne maison,
Et comme le ferait l'homme avec sa raison,
Finette la lui donne, et son regard de joie
Témoigne du bonheur que le ciel nous envoie.
Il faut croire qu'alors, en son cœur généreux,
La dame sent brûler de sympathiques feux;

Car, de sa main gantée enveloppant Finette,
Elle lui fait un lit dans sa riche toilette.
Moi, je veux m'opposer à ce zèle subit,
Mais j'en suis pour ma peine, et la dame me dit
Que je manque de cœur si plus longtemps j'empêche
Finette de dormir dans sa couche fort sèche.
Ah ! Madame, le cœur ne me manquera pas,
Et si l'on se souvient au delà du trépas,
Il gardera toujours le souvenir fidèle
Qu'au salon y grava l'excès de votre zèle.
Vous êtes le bel ange aux suprêmes bontés,
Qui du ciel ici-bas remplit les volontés :
Votre beau nom, béni dans de longues prières,
De votre Normandie embellit les chaumières,
Et lorsque de l'hiver les affreuses rigueurs
S'abîment sur Paris, la ville des douleurs,
Le pauvre abandonné, renaît à l'espérance,
A votre nom chéri, constante Providence :
Car ce nom est pour lui comme celui de Dieu ;
Ce nom veut dire pain, linge, vêtements, feu;
Ce nom c'est le sommeil qui chasse l'insomnie,
C'est le souffle puissant qui redonne la vie...
Oh ! pourquoi de ce nom, sans paraître indiscret,
Ne puis-je, dans ces vers, révéler le secret?
Elle l'a défendu : sa noble modestie,
Malgré les droits sacrés dont elle est investie,
Lui fait rechercher l'ombre : un bienfait trop public
Semblerait à ses yeux un odieux trafic.
Puisqu'elle l'a voulu, malgré ma résistance,
Sur son nom blasonné je garde le silence.
Je reviens à Finette : aussi bien ses yeux bleus
D'un cœur reconnaissant trahissent les aveux;
Sur l'albâtre des bras de notre bienfaitrice
Sa langue se promène avec joie et délice;
Dans l'excès du bonheur ses élans emportés
Prétendent à la fin à d'autres libertés :

La dame, en souriant, entre ses bras la presse,
Et lui rend, à son tour, caresse pour caresse.
Je l'avoue (un aveu dût-il me faire tort),
De Finette parfois j'enviais le doux sort !
Puis, l'on distribua plus d'une friandise,
De Finette flattant la jeune gourmandise,
Si bien qu'en un instant son avide estomac
Engloutit de gâteaux un raisonnable sac.
Je dus plus d'une fois user de ma puissance
Pour arrêter enfin le cours de la bombance.
Après tout, j'y parvins ; et sur le velours doux
Par la dame arrangé sur ses tendres genoux,
Finette commença, dans un sommeil paisible,
A réparer les maux d'un voyage pénible.

Considère, pourtant, comme le sort fatal
Se plaît à réunir souvent le bien au mal :
Cet ange de vertu, cette admirable sainte,
Partage dès longtemps, sans murmure, sans plainte,
La vie infâme, hélas ! d'un homme infortuné,
Aux viles passions sans cesse abandonné,
Compagnon toujours prêt de ces bandes affreuses
Qui dans les lieux honteux passent leurs nuits honteuses,
Ou consument leurs jours aux lueurs d'un tripot,
Au jeu, ce vice abject, apportant leur impôt !
Encor, si, dans ces lieux où tout l'enfer respire,
Cet époux enchaînait ses façons de satyre ;
Mais non, dans le public, s'attachant à ses pas,
Le vice l'accompagne et ne le quitte pas !
Et pourtant, au serment cette épouse fidèle,
Cherche, comme un archange, à couvrir de son aile,
De cet homme avili les fastes éhontés :
Esclave obéissante aux dures volontés,
Au comble du malheur elle se montre forte,
Et voudrait embellir le joug qu'elle supporte !
Ah ! si la voix publique, ardente à dévoiler

Les plus obscurs secrets que l'on cherche à céler
Dans le muet oubli des sombres solitudes,
N'avait pas annoncé les mille turpitudes
D'un mari sans pudeur comme il est sans remords,
Les scandales naissants aussitôt seraient morts.
Le monde, qui toujours sait poursuivre le vice,
D'insignes débauchés voulant faire justice,
Ou même se venger d'un insolent affront,
D'un stigmate honteux leur couronne le front :
Mais il donne des pleurs, dont la vertu s'honore,
A cette épouse, hélas ! que la douleur dévore,
Et qui, toujours luttant, oblige la douleur
A garder les replis si secrets de son cœur.

Ce mari, ce démon que le Très-Haut peut-être,
Dans ses desseins secrets, près d'elle a voulu mettre,
Je l'ai vu : le sommeil par sa calme douceur
Tentait de rappeler un reste de fraîcheur
Sur le derme épuisé de son teint incolore ;
Il dormait ; et parfois, comme un appel sonore,
De son âme assoupie un rêve délirant,
Dans son monde chéri de nouveau l'attirant,
Par un effet soudain entr'ouvrait sa paupière
Que fermait aussitôt l'éclat de la lumière :
Sur sa lèvre bleuie expiraient des mots sourds,
Langage saccadé de tous les sommeils lourds :
Et quelquefois sa main, se crispant avec rage,
Cherchait à s'emparer d'une féerique image.

Je contemplais, rêveur, cet homme vicieux,
Pour qui jamais la foi ne descendit des cieux,
Lorsque le paquebot, au terme du voyage,
S'arrêta lentement et toucha le rivage.
On éveilla cet homme, et sa langue, tout bas,
S'adressant à quelqu'un que l'œil ne voyait pas,
Aux joyeux compagnons de ses folles orgies,

Du vice lui montrant les lointaines magies,
Disait : *In vino veritas,*
Amor et libertas.
Pour moi, dont ce spectacle avait tourmenté l'âme,
Je pris la blanche main de cette sainte femme,
Et je sentis en moi le tourment s'apaiser,
Au moment où ma lèvre y posa son baiser.

PARIS. — IMPRIMERIE WITTERSHEIM
Rue Montmorency, 8.

www.ingramcontent.com/pod-product-compliance
Ingram Content Group UK Ltd.
Pitfield, Milton Keynes, MK11 3LW, UK
UKHW021522260726
13993UKWH00004B/1836